A VIDA PRIVADA DAS ÁRVORES

ALEJANDRO ZAMBRA

TRADUÇÃO Josely Vianna Baptista

COSACNAIFY

Para Alhelí e Rosário

Não tenho lembranças de infância.
Georges Perec

... como a vida privada das árvores
ou dos náufragos.
Andrés Anwandter

INVERNADOURO

JULIÁN DISTRAI A MENINA COM *A VIDA PRIVADA DAS ÁRVORES*, uma série de histórias que inventou para fazê-la dormir. Os protagonistas são um álamo e um baobá que de noite, quando ninguém está vendo, conversam sobre fotossíntese, esquilos, ou sobre as numerosas vantagens de serem árvores e não pessoas ou animais ou, como eles dizem, estúpidos pedaços de cimento.

Daniela não é sua filha, mas é difícil para ele não pensar nela como filha. Faz três anos que Julián chegou à família, pois foi ele quem chegou, Verónica e a menina já estavam lá, foi ele quem se casou com Verónica e, de certa forma, também com Daniela, que no começo resistiu, mas aos poucos foi aceitando sua nova vida: Julián é mais feio do que o meu pai, mas é simpático do mesmo jeito, dizia para as amigas, que assentiam com imprevista seriedade, e mesmo com gravidade, como se de repente compreendessem que a chegada de Julián não era um acaso. Com o passar dos meses, o padrasto conseguiu até um lugar nos desenhos escolares de Daniela. Há um deles, particularmente, que Julián mantém sempre à vista: os três estão na praia, a menina e Verónica fazem bolos de areia, e ele aparece de jeans e camisa, lendo e fumando sob um sol perfeito, redondo e amarelo.

Julián é mais feio do que o pai de Daniela; em compensação, é mais jovem, trabalha mais e ganha menos, fuma mais e bebe menos, faz menos esporte – não faz absolutamente nada de esporte – e sabe mais de árvores que de países.

É menos branco e menos simples e mais confuso do que Fernando – Fernando, pois assim se chama o pai de Daniela, ele precisa de um nome, mesmo não sendo, exatamente, inimigo de Julián nem de ninguém. Pois não há, na verdade, um inimigo. E o problema é justamente este, não haver inimigos nesta história: Verónica não tem inimigos, Julián não tem inimigos, Fernando não tem inimigos, e Daniela, descontando um coleguinha folgado que vive fazendo caretas para ela, também não tem inimigos.

Às vezes, Fernando é uma mancha na vida de Daniela; mas quem não é, de vez em quando, uma mancha na vida de alguém?

Julián é Fernando menos a mancha, mas às vezes Fernando é Julián menos a mancha.

E quem é Verónica?

Por enquanto Verónica é alguém que não chega, que ainda não voltou de sua aula de desenho. Verónica é alguém que falta, levemente, no cômodo azul – o cômodo azul é o quarto de Daniela, e o cômodo branco é o quarto de Verónica e Julián. Há também um quarto verde, que eles chamam, brincando, de quarto de hóspedes, porque não seria fácil dormir naquela desordem de livros, pastas e pincéis. À maneira de um sofá desconfortável, ajeitaram o grande baú onde meses antes guardaram as roupas de verão.

Nas últimas horas de um dia normal costumam manter uma rotina impecável: Julián e Verónica saem do quarto azul quando Daniela adormece, e depois, no quarto de hóspedes, Verónica desenha e Julián lê. De tempos em tempos, ela o interrompe, ou ele a interrompe, e essas interferências mútuas constituem diálogos, conversas banais ou, eventualmente, importantes, decisivas. Mais tarde se mudam para o quarto branco, onde veem tevê ou fazem amor, ou começam a discutir – nada sério, nada que não possa ser resolvido imediatamente, antes do filme acabar, ou até que um dos dois ceda, por estar a fim de dormir ou de trepar. O final recorrente dessas brigas é uma transa rápida e silenciosa, ou então uma transa demorada, que deixa escapar suaves risos e gemidos. Depois vêm cinco ou seis horas de sono. E aí começa o dia seguinte.

Mas esta não é uma noite normal, pelo menos ainda não. Ainda não é completamente certo que haverá um dia seguinte, pois Verónica não regressou da aula de desenho. Quando ela voltar, o romance acaba. Mas enquanto não volta o livro continua. O livro segue em frente até ela voltar ou até Julián ter certeza de que ela não voltará mais. Por enquanto está faltando Verónica no quarto azul, onde Julián distrai a menina com uma história sobre a vida privada das árvores.

Neste exato momento, refugiadas na solidão do parque, as árvores comentam o infortúnio de um carvalho em cuja casca duas pessoas gravaram seus nomes como prova de amizade. Ninguém tem o direito de fazer uma tatuagem sem o seu consentimento, opina o álamo, e o baobá é ainda mais enfático: o carvalho foi vítima de um lamentável ato de vandalismo. Essas pessoas merecem um castigo. Não vou descansar até que tenham o castigo que merecem. Vou percorrer céus, mares e terras a persegui-los.

A menina ri com gosto, sem o menor sinal de sono. E faz as perguntas de praxe, nunca é uma única pergunta, são pelo menos duas ou três, feitas com pressa e ansiedade: O que é vandalismo, Julián? Você pode buscar um copo de limonada pra mim, com três cubinhos de açúcar? Alguma vez, você e a mamãe já riscaram uma árvore como prova de amizade?

Julián responde pacientemente, tentando respeitar a ordem das perguntas: vandalismo é o que os vândalos fazem, os vândalos são pessoas que estragam as coisas pelo puro prazer de estragá-las. E sim, claro que eu posso buscar um copo de limonada. E não, eu e sua mamãe nunca gravamos nossos nomes na casca de uma árvore.

No começo, a história de Verónica e Julián não foi uma história de amor. Na verdade, eles se conheceram mais por motivos comerciais. Ele vivia, na época, os estertores de um prolongado namoro com Karla, uma mulher distante e sombria que por um triz não virou sua inimiga. Não havia para eles grandes motivos de comemoração, mas mesmo assim Julián ligou, por indicação de um colega de trabalho, para Verónica, a doceira, e encomendou um bolo três leites, que acabou alegrando bastante o aniversário de Karla. Quando Julián foi buscar o bolo no apartamento de Verónica, o mesmo onde vivem agora, viu uma mulher morena e magra, de cabelos longos e lisos, olhos escuros, uma mulher, por assim dizer, chilena, de gestos nervosos, séria e alegre ao mesmo tempo; uma mulher bonita, que tinha uma filha e talvez tivesse também um marido. Enquanto esperava, na sala, que Verónica terminasse de embalar o bolo, Julián conseguiu entrever o rosto branco de uma menina bem pequena. Depois houve um breve diálogo entre Daniela e sua mãe, um diálogo áspero e cordial, cotidiano, talvez uma queda de braço sobre escovar os dentes.

Seria inexato dizer que naquela tarde Julián ficou vidrado em Verónica. A verdade é que houve três ou quatro segundos de bobeira, ou seja, Julián devia ter saído daquele apartamento três ou quatro segundos antes, e se não o fez foi porque gostou de ficar olhando por mais três ou quatro segundos o rosto escuro e nítido de Verónica.

Julián termina seu relato, satisfeito com a história que contou, mas Daniela não só não dormiu como parece animada, disposta a levar a conversa adiante. Com delicado rodeio, a menina começa a falar do colégio até confessar, de imprevisto, sua vontade de ter cabelo azul. Ele sorri, pensando que se trata de um desejo metafórico, como o sonho de voar ou de viajar no tempo. Mas ela fala sério: duas meninas e até um menino da minha sala pintaram o cabelo, diz, eu também quero ter pelo menos uma mecha azul – não sei se azul ou vermelha, ainda não decidi, murmura, como se a decisão dependesse dela. É um assunto novo: Julián acha que de tarde a menina falou com a mãe sobre isso, e agora quer a aprovação do padrasto. E o padrasto ensaia, às cegas, uma posição no jogo: você só tem oito anos, por que vai estropiar o cabelo sendo ainda tão pequena, diz a ela, e improvisa uma efusiva história familiar que de um jeito ou de outro demonstra que é loucura tingir o cabelo. O diálogo prossegue até que, um pouco irritada, a menina começa a bocejar.

Vê Daniela dormindo e se imagina, aos oito anos, dormindo. É automático: vê um cego e se imagina cego, lê um bom poema e se pensa escrevendo-o, ou lendo-o, em voz alta, para ninguém, animado pelo som obscuro das palavras. Julián só atenta para as imagens, acolhe-as e depois esquece-as. Talvez tenha se limitado a seguir imagens desde sempre: não tomou decisões, não perdeu nem ganhou, só se deixou atrair por certas imagens, e seguiu-as, sem medo e sem coragem, até aproximá-las ou apagá-las.

Deitado na cama do quarto branco, Julián acende um cigarro, o último, o penúltimo, ou talvez o primeiro de uma noite longa, longuíssima, fatalmente destinada a repassar os prós e os contras de um passado francamente nebuloso. No momento a vida é um rolo que parece resolvido: foi convidado para uma nova intimidade, para um mundo onde lhe cabe ser uma espécie de pai de Daniela, a menina que dorme, e o marido de Verónica, a mulher que não chega, ainda, de sua aula de desenho. Adiante, a história se dispersa e quase não há maneira de continuá-la, mas, por ora, Julián consegue um certo distanciamento, e dali olha, com atenção, com legítimo interesse, a reprise de uma antiga partida entre o Inter e o Reggina. É evidente que a qualquer momento vai sair o gol do Inter, e Julián não quer, por nada no mundo, perder esse gol.

VERÓNICA CURSAVA O SEGUNDO ANO DE LICENCIATURA EM artes quando Daniela chegou para bagunçar tudo.

Antecipar-se à dor foi sua forma de experimentar a dor – uma dor jovem, que crescia e decrescia, e às vezes, ao longo de certas horas especialmente cálidas, tendia a desaparecer. Nas primeiras semanas de gravidez, decidiu guardar a notícia para si, não contou nem mesmo para Fernando ou para sua melhor amiga. O caso é que não tinha, a rigor, uma melhor amiga, quer dizer, tinha muitas amigas, que sempre a procuravam em busca de conselhos, mas a confiança nunca era totalmente recíproca. Aquele tempo de silêncio foi um último luxo que Verónica permitiu-se, uma dose extra de privacidade, um espaço para construir, com duvidosa calma, suas decisões. Não quero ser uma estudante-grávida, não quero ser uma mãe-estudante, pensava; definitivamente não queria se ver, dali a alguns meses, enfronhada num vestido bem largo e bem florido, explicando ao professor que não tinha conseguido estudar para a prova, ou depois, dois anos mais tarde, deixando a criança aos cuidados das bibliotecárias. Ficava em pânico só de imaginar o rosto abobado das bibliotecárias, transformadas, de repente, em fiéis guardiãs de filhos alheios.

Naquelas semanas visitou dezenas de galerias de arte, interrogou sem pudor seus professores e perdeu várias horas se deixando cortejar por alunos dos cursos superiores, que, previsivelmente, eram insuportáveis almofadinhas – almofadinhas que diziam que se comportavam mal, mas que prosperavam mais rapidamente que seus irmãos engenheiros e que suas irmãs psicólogas educacionais.

Antes do previsto, porém, Verónica deu com o ressentimento que andava procurando: aquele não era um mundo do qual quisesse fazer parte – não era, nem de longe, um mundo do qual ela *pudesse* fazer parte. Daí, toda vez que era assolada por um pensamento negro sobre sua adiada vocação, recorria aos contraexemplos que havia acumulado. Em vez de pensar no saudável desprezo pelas modas artísticas de alguns de seus professores, lembrava as aulas ministradas por dois ou três charlatães, desses que sempre conseguem ancorar nas faculdades de arte. E em vez de rememorar os trabalhos honestos, verdadeiros, de alguns de seus colegas, preferia voltar às inocentes galerias onde os adiantados do curso mostravam suas descobertas.

Os jovens artistas imitaram à perfeição o dialeto da academia, e completaram com entusiasmo os intermináveis formulários das bolsas do governo. Mas o dinheiro logo acabou, e os artistas tiveram que se resignar a dar cursos para amadores, como os que Verónica faz, na inóspita sala de eventos de um município vizinho. De manhã, Verónica assa biscoitos e atende ao telefone. De tarde, divide as tarefas e vai a esses cursos que às vezes lhe dão tédio, outras vezes grande proveito: trabalha com desenvoltura e severidade, finalmente confortável em sua condição de *amateur*. Já devia ter voltado da aula de desenho há mais de uma hora, na certa já está a caminho, pensa Julián, vendo tevê. Aos quarenta e três do segundo tempo, contra todo prognóstico, o Reggina faz um a zero. E assim termina a partida: Inter 0 – Reggina 1.

Semana passada, Julián fez trinta anos. A festa foi um pouco estranha, marcada pelo desânimo do aniversariante. Assim como algumas mulheres diminuem a idade, ele às vezes precisa acrescentar alguns anos à sua, olhar para o passado com um volúvel travo de amargura. Ultimamente deu de cismar que devia ter sido dentista ou geólogo ou meteorologista. De repente, acha estranho seu ofício: professor. Mas sua verdadeira profissão, pensa agora, é ter caspa. Imagina-se dando esta resposta:

Qual é a sua profissão?

Ter caspa.

Está exagerando, é claro. Ninguém consegue viver sem exagerar um pouco. Se existem períodos na vida de Julián, deveriam ser expressos segundo um índice de exagero. Até os dez anos exagerou muito pouco, quase nada. Mas dos dez aos dezessete anos a impostura acentuou-se consistentemente. E dos dezoito em diante transformou-se num especialista nas mais diversas formas de exagero. Desde que está com Verónica o exagero vem diminuindo consideravelmente, apesar das recaídas naturais que vira e mexe acontecem.

É professor de literatura em quatro universidades de Santiago. Gostaria de se dedicar a uma especialidade, mas a lei da oferta e da procura obrigou-o a ser versátil: dá aulas de literatura norte-americana e de literatura hispano-americana e até de poesia italiana, apesar de não falar italiano. Leu atentamente Ungaretti, Montale, Pavese, Pasolini, e poetas mais recentes, como Patrizia Cavalli e Valerio Magrelli, mas de maneira nenhuma é especialista em poesia italiana. Além do mais, no Chile não é tão grave dar aulas de poesia italiana sem saber italiano, porque Santiago está cheia de professores de inglês que não sabem inglês, de dentistas que mal sabem extrair um dente – e de personal trainers com sobrepeso, e de professores de ioga que não conseguiriam dar aulas sem uma generosa dose prévia de ansiolíticos. Graças a sua inquestionável capacidade de improvisação, Julián consegue se sair bem em suas aventuras pedagógicas. Sempre dá um jeito de salvar a situação camuflando alguma frase de Walter Benjamin ou de Borges ou de Nicanor Parra.

É professor, e escritor de domingo. Há semanas em que trabalha a maior quantidade de tempo possível, num ritmo obsessivo, como se tivesse um prazo a cumprir. É o que ele chama de alta temporada. O normal, em todo caso, na baixa temporada, é ele adiar suas ambições literárias para os domingos, assim como outros homens destinam os domingos para a jardinagem ou para a carpintaria ou para o alcoolismo.

Acabou de terminar um livro muito breve que, no entanto, passou vários anos escrevendo. No começo, dedicou-se a acumular materiais: chegou a juntar quase trezentas páginas, mas depois foi descartando passagens, como se em vez de somar histórias quisesse subtraí-las ou apagá-las. O resultado é pobre: uma esquálida resma de quarenta e sete folhas que ele se empenha em considerar um romance. Ainda que à tarde houvesse resolvido deixar o livro descansando por algumas semanas, desligou a tevê e começou a ler, novamente, o manuscrito.

Agora lê, está lendo: se esforça para fingir que não conhece a história, e por instantes alcança essa ilusão – deixa-se levar com inocência e timidez, convencendo-se de que tem diante dos olhos o texto de outro. Uma vírgula mal colocada ou um som áspero, no entanto, conseguem trazê-lo de volta à realidade; e então, ele é novamente um *autor*, o autor de algo, uma espécie de policial de si mesmo que sanciona suas próprias faltas, seus excessos, seus pudores. Lê de pé, caminhando pelo quarto: talvez devesse sentar-se ou recostar-se, mas permanece ereto, com as costas rígidas, evitando se aproximar da lâmpada, como se temesse que um maior caudal de luz tornasse visíveis novas incorreções no manuscrito.

A primeira imagem é a de um homem jovem dedicado a cuidar de um bonsai. Se alguém lhe pedisse para resumir seu livro, provavelmente responderia que se trata de um homem jovem que se dedica a cuidar de um bonsai. Talvez não dissesse um homem jovem, talvez se limitasse a esclarecer que o protagonista não é exatamente um menino, ou um homem maduro, ou um velho. Certa noite, há vários anos, ele comentou a imagem com seus amigos Sergio e Bernardita: um homem trancado com seu bonsai, cuidando dele, comovido com a possibilidade de uma obra de arte verdadeira. Dias depois eles lhe deram de presente, como uma brincadeira cúmplice, um pequeno olmo. Para você escrever seu livro, disseram.

Naquele tempo Julián morava sozinho, ou mais ou menos sozinho, ou seja, com Karla, aquela mulher esquisita que quase virou sua inimiga. Na época, Karla quase não ficava em casa, e procurava não ficar em casa principalmente quando ele voltava do trabalho. Depois de preparar um chá com amaretto – agora acha repugnante, mas naquele tempo ele adorava chá com amaretto –, Julián cuidava da árvore. Não só a punha na água ou a podava se fosse preciso: ficava observando-a ao menos por uma hora, esperando, talvez, que se movesse, do mesmo modo que alguns meninos, de noite, ficam quietos na cama por um tempo, imersos no pensamento de que vão crescer.

Só depois de vigiar o crescimento de seu bonsai, Julián sentava-se para escrever. Havia madrugadas em que ele preenchia páginas e páginas com repentina confiança. E havia noites não tão boas em que não conseguia passar do primeiro parágrafo: ficava encalhado diante da tela, abstraído e ansioso, como se esperasse que o livro se escrevesse sozinho. Morava no segundo andar de um edifício defronte à Praça Ñuñoa. No térreo funcionava um bar de onde vinha uma desordem de vozes e o bate-estaca constante da música eletrônica. Ele gostava de trabalhar com esse barulho de fundo, embora se distraísse irremediavelmente quando dava com alguma conversa especialmente cômica ou sórdida. Lembra-se, particularmente, da voz aguda de uma mulher mais velha que costumava relatar a morte de seu pai a quem quisesse ouvi-la, e o pânico de um adolescente que, em certa madrugada de inverno, prometia aos gritos que nunca mais ia transar sem camisinha. Pensou várias vezes em como seria valioso registrar essas vozes, dedicar-se a anotar esses diálogos; imaginava um mar de palavras viajando do chão até a janela e da janela até o ouvido, à mão, ao livro. Nessas páginas acidentais decerto haveria mais vida que no livro que tentava escrever. Mas em vez de se contentar com as histórias que o destino punha a seu dispor, Julián seguia com sua ideia fixa do bonsai.

DÁ O FORA DA MINHA CASA SEU FILHO DA PUTA.

Uma tarde, ao voltar do trabalho, Julián encontrou esta mensagem, escrita a traços grossos, com tinta vermelha, na parede da sala. Um certo alarmismo o fez pensar que a mensagem fora escrita com sangue. E mesmo logo depois tendo visto o galão de tinta e descoberto umas poucas manchas espalhadas no tapete, aquela cena falsa ficou gravada em sua memória: ainda hoje se surpreende imaginando Karla cortando a pele e lambuzando o dedo indicador numa crescente poça de sangue. Ainda hoje considera uma injustiça sua namorada ter escrito seu filho da puta na parede da sala, pois nessa história ele podia ser qualquer coisa, menos um filho da puta. Tinha sido um idiota, babaca, preguiçoso, egoísta, mas filho da puta não. Além do mais, teve um tempo em que aquele apartamento era dos dois, foi ela quem de repente começou a se distanciar. Julián conformou-se rapidamente, quase de imediato, com a ausência de Karla, esse foi seu único erro – um erro necessário, pensa agora, quando ela não existe mais: já saiu, para sempre, de sua vida.

Com a mala numa das mãos e o bonsai na outra, naquela mesma noite Julián deixou o apartamento, e passou as semanas seguintes em pleno limbo alcoólico, hospedado na casa de amigos, com vontade de contar sua história a quem quisesse ouvi-la. Mas não era bom contando sua história. Procurava se esconder nos traços seguros de seu passado recente, mas esses traços seguros eram poucos e Julián sabia disso muito bem. Mas nem a pau que você vai abrir o bico, disse-lhe certa vez seu amigo Vicente, no final de uma lenta noite de camaradagem. E não lhe faltava razão. O bonsai, entretanto, ressentia-se fortemente das mudanças de domicílio. Apesar dos cuidados culpados de Julián, ao chegar à estação final a árvore já estava quase seca.

Seria preciso redigir muitos parágrafos, talvez um livro inteiro, para explicar por que Julián não passou aquele tempo na casa de seus pais. Basta dizer, por ora, que na época Julián brincava que não tinha família. Há os que brincam de ter família: organizam tediosas reuniões em que os brindes e as frases feitas dão lugar a apressadas reconciliações. Julián, por sua vez, brincava de não ter família: tinha alguns amigos muito bons, outros nem tanto, mas não tinha família.

Num domingo, olhando os classificados do jornal, viu um endereço idêntico ao do apartamento de Verónica. Era um segundo andar, num condomínio de La Reina, longe do centro, muito grande para um homem sozinho, e muito caro para um professor principiante. Julián procurava um lugar pequeno e barato, um refúgio onde pudesse começar uma vida nova não muito diferente de sua antiga vida, de modo que, naquele domingo, teve bom senso e descartou a ideia. Mas no domingo seguinte viu o anúncio novamente e já não foi tão sensato: saiu, sem mais preâmbulos, para ver o apartamento, pensando que seria agradável recordar o lar de Verónica. Assim que chegou reconheceu o carão meio idiota do zelador e o insistente amarelo dos alfeneiros, podados, pensou, com um estranho empenho artístico. Não se lembrava do gigantesco cacto do jardim, nem das grossas grades pretas que protegiam as janelas, mas gostou do lugar, gostou que tivesse sacadas e meninos que esperavam a hora do almoço dando voltinhas de bicicleta.

Em vez de Verónica e Daniela havia três cômodos não muito grandes e a sala que ele já conhecia. Era espaço demais para Julián com seus poucos livros e seu mirrado bonsai, mas estava decidido: pechinchou com o dono até conseguir baixar um pouco o preço e fechou um atarantado contrato que com certeza ia obrigá-lo a batalhar por mais aulas, ou a organizar alguma oficina itinerante de poesia com os adolescentes do bairro.

Desde então viveu naquele lugar semivazio. Saía às oito da manhã e voltava ao cair da noite, para trancar-se e escrever e presenciar a irreversível agonia de sua árvore.

Certa noite, Sergio e Bernardita foram visitá-lo. Naquela casa de solteiro, faltavam colheres, panelas, almofadas, cinzeiros, lâmpadas e até algumas cortinas, por isso Julián sentiu-se meio ridículo ao agradecer os presentes que eles tinham trazido: um livro de Jeanette Winterson e uma quantidade inacreditável de velas aromáticas e esferas de vidro que Bernardita distribuiu rapidamente pelos cantos da casa.

Depois de se desculpar pela pouca sorte do bonsai, Julián contou a história que realmente queria lhes contar: já estivera naquele apartamento, conhecera seus habitantes anteriores (usou essa palavra um tanto pomposa, habitantes), uma mulher jovem e sua filha. Era fácil perceber em seu relato uma misteriosa ênfase, uma espécie de admiração que seus amigos consideraram reveladora.

E por isso você alugou este lugar, disse Bernardita, com amável ironia. Por amor às coincidências.

Não, respondeu Julián, envergonhado. Com vigor, e mesmo certa brusquidão desnecessária, replicou: Aluguei porque achei conveniente.

Sim, Julián, admita, disse Sergio. Você o alugou porque andou lendo muitos romances de Paul Auster.

Sergio e Bernardita não conseguiram segurar uma imprudente gargalhada. Julián também riu, mas sem vontade, ou com vontade que seus amigos fossem embora no final do ataque de riso. Por causa da desagradável brincadeira, Julián nunca mais leu romances de Paul Auster. E em mais de uma ocasião chegou a desaconselhar sua leitura, argumentando que, salvo por algumas páginas de *A invenção da solidão*, Auster não passava de um Borges diluído.

Mas essa é outra história, uma história menor, que não vem ao caso – embora talvez fosse melhor seguir aquelas pistas falsas, Julián gostaria imensamente de um livro diletante cheio de pistas falsas. Sem dúvida seria muito melhor rolar pelo chão de tanto rir, ou construir um eloquente ríctus de desprezo. Seria preferível fechar o livro, fechar os livros, e enfrentar, sem mais, não a vida, que é muito grande, mas a frágil armadura do presente. Por ora, a história avança e Verónica não chega, é bom deixar isso claro, repetir isso mil e uma vezes: quando ela voltar, o romance acaba, o livro segue em frente até que ela volte ou até que Julián tenha certeza de que ela não vai mais voltar.

Nos dias que se seguiram à visita de seus amigos, Julián ficava imaginando as inumeráveis cenas secundárias que Verónica e a menina tinham vivido naquele apartamento. Ao voltar do trabalho abria a porta encenando o temor de quem entra num lugar alheio. Dormia, consequentemente, no quarto de hóspedes, que então chamava de quarto verde – o menor, que escolheu, talvez, pelo hábito de se esconder num canto. O quarto azul se manteve intacto, vazio, enfeitado apenas com uma broxa hirsuta e uns jornais esquecidos no chão. No quarto branco, trinta ou quarenta livros empilhados sobre algumas caixas, e uma tábua grossa sustentada por dois precários cavaletes, conformavam uma espécie de estúdio. Escrevia até tarde da noite, mas sem ordem, sem método: parecia disposto a se deixar distrair pelo voo de uma mosca ou pelo ronco da geladeira. Mas sua maior distração vinha de lembranças falsas, inventadas: imaginava Verónica na sacada, ou lendo revistas, ou ensaiando, diante do espelho, um penteado novo. Escrevia pensando em Verónica, no fantasma de Verónica olhando-o escrever.

Um dia resolveu ligar para ela, com a desculpa de mais um bolo. Procurou em seus papéis, mas o número que tinha anotado era seu atual número de telefone, e o colega de trabalho que lhe recomendara os bolos de Verónica morava agora nos Estados Unidos. Falou, então, com o dono do apartamento, que aceitou, a contragosto, colocá-lo em contato com alguém que conhecia alguém que talvez pudesse saber onde localizar Verónica. Só depois de uma semana de obsessivas manobras Julián conseguiu o número, e mais uma semana se passou até que ousasse ligar para ela.

Contou, por telefone, da coincidência, mas ela não pareceu muito interessada. Você já sabe meu endereço, agora é sua vez de vir me trazer o bolo, disse ele, com fingida jovialidade. Verónica, que estava mais do que acostumada com galanteios, assentiu e disse, imprimindo à voz um tom impessoal, burocrático: depois de amanhã, às sete, irei deixar o bolo aí. O plano de Julián era totalmente fantasioso: imaginava Verónica emocionada com lembranças recentes, envergonhada por conversar tanto tempo com um desconhecido, mas disposta a prolongar a visita, a continuar revelando sua intimidade por várias horas, até baixar, definitivamente, a guarda: imaginava-se transando com Verónica na sala, e depois, de novo, na cozinha, e empurrando-a contra a porta, no final, à guisa de despedida.

Já Verónica limitou-se a observar com reserva as paredes de seu antigo apartamento, reprimindo um involuntário ar de desdém e certo desencanto. Nem chegou a reparar no bonsai seco, no cadáver de bonsai que Julián pousara no chão, de propósito, com a esperança de que sua presença provocasse, ao menos, um tímido diálogo sobre plantas, talvez uma história relacionada a seringueiras mortas ou trepadeiras destruídas por um cachorro gordo e preto. Mas Verónica simplesmente sorriu, pegou o dinheiro e fez menção de sair. Como último e penoso recurso, Julián disse, impetuosamente: o outro bolo era para minha namorada, ou melhor, minha ex-namorada. Este é para minha mãe. E essa árvore que você está vendo aí está secando.

Verónica deu apenas esta resposta: ah.

E sorriu, novamente, e foi embora.

Mas houve uma segunda e uma terceira e uma quarta e até uma quinta encomenda. Naqueles meses, Julián engordou vários quilos, pois o bolo três leites era seu café da manhã, almoço e jantar, iludido que estava de ir vencendo, pouco a pouco, a resistência de Verónica. Para tornar sua vida verossímil, Julián justificava cada novo bolo com compromissos familiares ou sociais, enquanto Verónica lhe sugeria variar o cardápio, pois já estava começando a se cansar de preparar sempre o mesmo doce. Mas Julián não queria massas folhadas nem bolos floresta negra nem de abacaxi nem crepes de laranja. Julián queria o de sempre, o três leites, com muito vinho do Porto, por favor.

Lá pelo bolo número cinco, ela parecia muito mais receptiva e curiosa que das outras vezes. Julián pensou que talvez agora ela finalmente aceitasse tomar um café com ele, ou uma taça de vinho, uma xícara de vinho, na verdade, pois Julián não tinha taças, nem mesmo copos, só xícaras. E não se enganou. Agora Julián era, para Verónica, um homem agradável e não tão feio, ainda que, certamente, não chegasse a se imaginar em cima ou embaixo de Julián, muito menos prensada contra a porta, protagonizando aquela frenética última transa com que ele sonhava insistentemente.

Mas agora Julián já não sonhava exclusivamente com transas ocasionais. Sonhava que Verónica ficava para dormir, e que ele dormia na casa de Verónica, que morava com Verónica, que transava com Verónica lentamente, em absoluto silêncio, para não acordar a menina, que faziam amor aos gritos, extasiados, quando a menina se hospedava na casa de seus avós ou de seu pai – que ele imaginava alto e loiro e gordo, muito antes de saber que era alto e loiro e magro.

Na tarde do quinto bolo, Verónica aceitou a xícara de vinho que Julián ofereceu. Não houve sexo, em todo caso.

SOB A LUZ ARTIFICIOSA DO PRESENTE, SUA VIDA COM KARLA se revela como uma nuvem, uma lagoa. Pensa nela como num lugar de passagem, um país contemplado da janela de um trem vagaroso demais. Naquela noite da mensagem na parede, Julián adiantou-se muitas vezes a uma cena que pensava ser inevitável, mas que nunca aconteceu: via-se diante de Karla, passando o indefectível café – ela construiria pausas repentinas e histriônicas e depois diria frases desoladas, longamente ensaiadas e, apesar de tudo, honestas. Mais tarde, já de volta a sua nova vida, Julián encontraria as respostas que tentara dar cabisbaixo, com gaguejos.

Mas não houve outra oportunidade de aplacar a fúria ou a indiferença de Karla. Mais de uma vez esteve a ponto de provocar essa última cena, mas a força que o animava talvez fosse muito fraca: a mera ideia de se ver envolvido numa discussão lhe dava um tédio profundo. Julián não queria recuperar o amor, pois deixara de amá-la havia muito tempo. Deixara de amá-la um segundo antes de começar a amá-la. Soa estranho, mas é assim que ele sente: em vez de amar Karla, ele amara a possibilidade do amor, e depois a iminência do amor. Amara a ideia de um vulto se movendo entre lençóis brancos e sujos.

Sou sozinha, dizia Karla, quando perguntavam por sua família: não tenho pais, não tenho família, sou sozinha. E era verdade: o pai de Karla morrera havia pouco, e a mãe morrera muitos anos antes, ao abandonar seu marido e sua filha e partir para Cali, atrás de um vago sonho esotérico. A vantagem de Karla era não ter família; a desvantagem de Julián era não só ter pai e mãe e irmã, mas também uma confusa variedade de avós, tios, primos e até sobrinhos. Karla ofereceu a ele um lugar perfeito para isolar-se do passado. No passado de Julián não havia nada do que fugir, mas era disso, justamente, que fugia: da mediania, das inumeráveis horas perdidas na companhia de ninguém.

Karla fazia filosofia na Universidade do Chile, mas não pretendia obter um diploma, nem trabalhar, nem nada parecido. Seu único desejo era ficar em casa ouvindo música e fumando maconha. Comia quase que exclusivamente chocolate ou talharim com queijo ralado, ainda que com a chegada de Julián, que era bom cozinheiro, o menu tenha se ampliado a talharim com pesto, ravióli, frango frito e até *porotos con mazamorra*. Ele dava aulas e ela recebia pontualmente o dinheiro da herança, de modo que podiam dar-se a certos luxos: ele comprava os livros e ela os discos, a maconha e o Rivotril, que era o novo vício, meio forçoso, de Karla.

Concentrado em suas aulas e com a ideia fixa em seu livro, Julián passou ao largo de episódios cruciais da vida de Karla: não reparou na avidez com que ela esperava, toda noite, telefonemas muito longos ou talvez muito breves – não perguntava quem tinha ligado, o que queria, onde você vai, ou melhor, perguntava, mas sem ênfase, aceitando, de antemão, as evasivas e a porta se batendo quando saía.

Nunca soube exatamente por que Karla começou, de repente, a faltar. No começo, ela esboçava explicações rudimentares: demorei porque conheci uma mulher doente que precisa da minha ajuda, disse certa manhã, mas ele mal acusou o recebimento – não viu ou não quis ver nos olhos pardos de Karla um brilho seco e urgente. Depois, ela começou a se hospedar na casa da tal mulher, com o pretexto de cuidar dela. E não houve necessidade de novas explicações. A cada dois ou três dias Julián encontrava gavetas entreabertas, pratos por lavar e outros vestígios da presença de Karla. Semanas se passaram antes que se vissem de novo, por acaso, no patamar da escada. Então se cumprimentaram desajeitadamente, sem beijos, com uma espécie de diálogo: minha amiga está melhor, disse ela, graças a mim. Quando você vai voltar?, perguntou Julián, desconcertado, mas não houve resposta. Devia tê-la pressionado, tê-la obrigado, talvez, a confessar aquilo de que ele negligentemente começava a desconfiar: que aquela mulher era a mãe de Karla.

Da calçada em frente, Julián contemplava as ausências de Karla com indiferença, e mesmo com alívio. Tarde após tarde a imaginava caminhando por Irarrázaval, com o discman ligado em canções dos Tindersticks, pensando em sua mãe, na mulher que Julián pensava ser a mãe dela. Talvez ela tivesse inventado que tinha mãe, talvez tivesse convencido a mulher de que podia ser sua mãe, e tivesse lhe pedido, tivesse suplicado que fosse sua mãe, pensava Julián, chateado por não entender uma trama que, no fim das contas, não lhe interessava realmente.

Nunca avançava muito em suas conjecturas sobre Karla. Tinha mais em que pensar. Às vezes, a madrugada o surpreendia se altercando com retorcidas soluções para seu romance, que não era exatamente um romance, mais parecia um livro de recortes ou de anotações. Não queria, na verdade, escrever um romance; queria simplesmente encontrar uma zona nebulosa e coerente onde amontoar as lembranças. Queria enfiar a memória numa mochila e carregar essa mochila até que o peso acabasse com suas costas.

No fim de uma noite fria de escrita, Julián decidiu que não ia continuar enchendo páginas com histórias difusas e indecifráveis; escreveria, em vez disso, um diário do bonsai, um cuidadoso registro do crescimento da árvore. Parecia simples. Toda tarde, ao voltar para casa, anotaria num caderno as mínimas variações por que a árvore tivesse passado durante o dia: o despontar de uma folha, um tímido encurvamento do tronco, a presença de seis pedras microscópicas que não estavam lá no dia anterior. De forma quase automática, a vida começaria a penetrar nos dados seguros, objetivos, que ele iria coletando.

Deitou-se feliz, satisfeito, com a vida pela frente. Mas ainda nem fechara os olhos quando ouviu a fechadura. Eram Karla e a mulher doente, voltando, quem sabe, de um silencioso passeio pelo parque.

Julián foi até a sala e cumprimentou-as, procurando, na surpresa, algum traço que delatasse o parentesco, mas só constatou uma ligeira semelhança, que tanto se dá entre irmãs ou primas ou mesmo entre amigas, o que, em todo caso, era novidade, pois Karla não tinha ou não dizia ter nem irmãs nem primas nem amigas. Mas o que o impressionou foi que a mulher não parecia estar doente. Comparando-se sua expressão vivaz e tranquila com a rudeza de Karla, parecia que a doente era Karla e sua mãe, sua possível mãe, a enfermeira.

A mulher respondeu ao cumprimento de Julián com um misto de amabilidade e mesura, ao passo que Karla limitou-se a insinuar que desejava ficar a sós com sua convidada. Assim ela a chamou, minha convidada. Ele pensou que podia estender a cerimônia, que seria lícito perguntar, amparado no senso comum, se eram primas ou amigas ou mãe e filha. Como era de se esperar, Karla perdeu a paciência e disse vá dormir, nós queremos ficar sozinhas, espero que possa entender que nós queremos ficar sozinhas.

Julián fez o possível para escutar, lá do quarto, o que as mulheres conversavam. Mas quase não falavam. Ficavam em silêncio e durante quase uma hora aquele silêncio foi crescendo até se tornar insuportável. As mulheres saíram da casa juntas e Karla não voltou naquela noite nem nos meses seguintes. E quando voltou foi só para escrever, na parede da sala, com tinta vermelha ou talvez com sangue: dá o fora da minha casa seu filho da puta.

É raro ele se lembrar de Karla. Dias atrás, quando o gato de Daniela morreu, Julián se lembrou de um poema de Wislawa Szymborska, e foi até a biblioteca, pensando em lê-lo para consolar a menina. Depois de procurar um pouco entre as estantes, percebeu que aquele volume verde, da editora Hiperión, era mais um dos livros que deixara na casa de Karla. A lembrança de Karla está ligada quase que exclusivamente à lembrança dos livros que não conseguiu levar consigo na noite da mensagem na parede. Agora Karla não passava de uma ladra de livros. É assim que ele às vezes a chama, resmungando, enquanto examina inutilmente as estantes: a ladra de livros.

Imagina Karla tomando chá com sua possível mãe ou enfermeira, discutindo sobre formas de conseguir dinheiro para um tratamento dentário, ou para fazer uma viagem a Londres ou a Paris ou a Lisboa. Ter vivido aqueles anos na companhia de Karla lhe parece terrível. Terrível e desolador.

Agora Julián tem uma família de verdade, dessas que passam a tarde de sábado fazendo tarefas de ciências ou vendo filmes de Tim Burton. Daniela acaba de dormir e ele aguça o ouvido, pois pressente a chegada de sua mulher, mas só se percebe, ao longe, o rouco borbulhar do aquário que puseram na sala há alguns meses. Sigilosamente, Julián se aproxima de Cosmo e de Wanda, que continuam sua invariável viagem pela água suja, e os observa com uma atenção desmedida, colado ao vidro. Súbita, teatralmente, Julián adota a atitude de um vigilante, de um vigilante de peixes, de um homem especialmente treinado para evitar que os peixes abandonem o aquário.

Quando alguém não chega, nos romances, pensa Julián, é porque alguma coisa ruim aconteceu. Mas por sorte isto não é um romance: em questão de minutos Verónica chegará com uma história real, com um motivo razoável que justifique sua demora, e então vamos conversar sobre sua aula de desenho, sobre a menina, meu livro, os peixes, sobre a necessidade de comprar um celular, sobre um pedaço de pudim que ficou no forno, sobre o futuro, e talvez um pouco, também, sobre o passado. Para manter a calma, Julián pensa que a literatura e o mundo estão cheios de mulheres que não chegam, de mulheres que morrem em acidentes brutais, mas que pelo menos no mundo, na vida, também há mulheres que devem acompanhar, de imprevisto, uma amiga ao hospital, ou mulheres cujo pneu do carro fura no meio de uma avenida sem que ninguém se prontifique a ajudá-las.

Verónica é uma mulher que não chega, Karla é uma mulher que não estava.

A mãe de Karla é uma mulher que foi embora e que voltou quando ninguém a esperava.

Karla é uma mulher que não esteve.

Karla é uma mulher que esteve, mas não esteve. Saiu, foi procurar sua mãe, do mesmo modo que outros saem para caçar.

Saiu, foi comprar cigarros. Karla não esteve, não estava: saiu para comprar cigarros, foi procurar a mãe, foi à caça.

O pneu de Verónica furou. Ela sabe que não posso ir procurá-la. Não posso deixar a menina sozinha. Verónica vai trocar o pneu.

Verónica é uma mulher no meio da avenida trocando um pneu. Centenas de carros passam a cada minuto, mas ninguém se detém para ajudá-la. É isso que está acontecendo, pensa Julián, que resolve se apegar à imagem de Verónica perdida, trocando um pneu, sozinha, numa avenida distante.

DANIELA ACORDA. SEMPRE ACORDA À MEIA-NOITE, E A MEIA-noite chegou há pouco. Com voz apagada e chorosa pede a Julián que a faça dormir novamente. A mamãe já vai chegar, diz Julián: acaba de ligar, está bem, teve que ir até ao hospital levar uma amiga. Uma amiga grávida que estava com contrações, esclarece. E acrescenta: dois pneus furaram no caminho.

A menina não conhece a palavra contrações, e também não sabe que dois pneus furarem é muito incomum, mas Daniela não está preocupada com a demora da mãe, pelo menos não exatamente. Só quer que Julián fique com ela, que a faça dormir novamente, que a defenda da escuridão.

Não sei por que todas as crianças têm medo do escuro. Na sua idade eu não tinha medo do escuro, diz a ela, e é mentira, ou talvez seja verdade: quando Julián era criança não temia propriamente o escuro, mas a possibilidade de ficar cego. Certa noite acordou sem resquícios de luz a que recorrer: primeiro teve a impressão de que alguém tinha *fechado* o quarto, e depois a pavorosa convicção de que tinha ficado cego. Desde então, não suporta o escuro absoluto, os cômodos fechados.

Quer que a gente invente outra história da *Vida privada das árvores*?

Quero, responde Daniela.

Há algumas semanas Daniela respondeu que não. Já estou grande para histórias, consigo dormir sozinha, disse de repente. O mau humor da menina obedecia a um motivo bem definido: na casa de Fernando, provavelmente depois de uma longa sessão de playstation, encontrara um vídeo do casamento de seus pais. Talvez um pouco inquieto com a crescente importância de Julián na vida da menina, Fernando não tenha parado a gravação, e em vez disso tenha sentado ao lado dela, ansioso por responder às perguntas de Daniela, que, no entanto, manteve a vista fixa na tela, em silêncio absoluto. Voltou para casa ensimesmada e arisca, e só depois de um árduo interrogatório revelou a Verónica o motivo de sua tristeza.

Depois começaram as linhas cruzadas, as recriminações de Verónica, os arrevesados argumentos de Fernando e as gestões amáveis de Julián, que, como de hábito, viu-se obrigado a dar uma de mediador. Você sabe como a Verónica é, disse a Fernando, conciliador, o que não era verdade, claro: Fernando sabe enfrentar clientes difíceis, sabe conseguir preços convenientes, e sabe até tocar no violão alguns trechos de Villa-Lobos, mas certamente não sabe como Verónica é. Não conseguiu saber, pois o casamento durou apenas três meses, ou quase cem dias, como costuma precisar Fernando – foi a guerra dos cem dias, dizia, por trás de um sorriso amplo, quando lhe perguntam sobre aquele tempo com Verónica.

Verónica e Fernando se casaram dispostos a cumprir com a convenção de serem felizes. Tinham decidido congelar, por um tempo, as diferenças, como se realmente fossem um casal e não uma pálida ideia que adquirira forma apesar dos maus augúrios. No dia do casamento, Verónica tinha vinte e um anos, Fernando quase trinta, e Daniela acabara de completar seis meses de vida. Ele pensava que com o tempo acabariam se acostumando a viver juntos – ela, por sua vez, pressentia que o casamento ia durar, no máximo, um par de anos, e Daniela não pensava em nada, pois bebês de seis meses não pensam.

(Concordo, foi uma brincadeira de mau gosto, mas eu precisava fazê-la. É preferível pensar que aquele tempo não passou de uma brincadeira – um ruído brusco e passageiro que não ouvimos mais.)

Ainda é cedo para saber o que foi que Daniela sentiu naquela tarde diante da tevê. Na certa viu, pela primeira vez, seus pais juntos, como um verdadeiro casal: Verónica fantasiada de noiva, com o cabelo arrumado num gélido coque, menos esbelta que agora, porém muito bela; Fernando sorrindo a torto e a direito, mais eufórico que nervoso, usando com naturalidade um smoking recém-alugado. Um padre muito magro, de mãos finas e dicção perfeita, abençoou a união, e então os pais de Daniela se beijaram nos lábios com uma espécie de pudor, ou reticência. Foi um bom casamento, em todo caso, muito bom em alguns momentos. À menor provocação, as tias distantes derramavam lágrimas de alegria, enquanto os anciãos se misturavam teimosamente com a juventude. Os funcionários, penteados com gomalina, brigavam com suas gravatas novas, de nós grossos e cores berrantes, e suas acompanhantes exibiam vestidos de última hora e olhavam para a câmera com uma alegria que parecia forçada, mas que sem dúvida era autêntica.

Mais perturbador que ver seus pais se beijando deve ter sido, para Daniela, ver a si mesma, aos seis meses, sorrindo ou chorando enquanto a trocavam de braços, conforme alguém ia ao banheiro ou derramava o ponche. Os convidados do casamento fizeram, copo na mão, generosos discursos que terminavam invariavelmente com uma alusão a Daniela, Danielita, Dani, que a partir de agora, diziam, seria ainda mais feliz. A menina de meses aparecia chorando ou rindo ou meio dormindo no colo de gente de quem não se lembra, vestida, ou melhor, enfeitada para a ocasião, com o cabelo mais claro e as faces rosadas.

Daniela não viu e talvez nunca veja o segundo vídeo, o do segundo casamento de sua mãe, mas se lembra, com alguma nitidez, do dia em que Verónica se casou com Julián. São imagens demais: dois casamentos, duas festas, dois destinos diferentes. De um lado estão seus pais e ela mesma, aos seis meses, e do outro sua mãe e Julián e ela, de novo, aos cinco anos. Em vez da intimidante solenidade da igreja, há um escritório pobre, uma escrivaninha de madeira recém-envernizada, uma mulher que prolonga demais as frases, um livro bem grande que os noivos assinam apressadamente, e um beijo seguro e breve. Depois a mãe corre até a filha, que quer mas não quer ver-se envolvida num abraço duplo ou triplo, comemorado com um buliçoso aplauso pelos poucos presentes.

O que menos lhe agradou nesse segundo casamento foi sua mãe ter preferido um traje azul em vez de um vestido de noiva. Mas correu tudo bem. Foi, de fato, a primeira festa de sua vida, a primeira festa de que se lembra: comeu três pedaços do colossal bolo três leites com que Verónica homenageou sua história com Julián, e dançou, dançou muito, com seus primos, com seu avô, com sua mãe e até com seu estreante padrasto, que naquele tempo era, para ela, pouco mais que um convidado para o almoço, e que agora, três anos mais tarde, acaba de fazê-la dormir com uma história sobre árvores.

Quer que a gente invente outra história da *Vida privada das árvores?*

Quero, responde Daniela. E Julián assente, chateado, pois está com dor nos olhos, nos ouvidos, não sabe direito: gostaria de dormir, de repente, irresponsavelmente, e acordar amanhã, ou ontem, renovado. Tem de ser uma história curta, só o começo, até que a menina retome o sono: talvez a história de um gigante que cuida das árvores como se fossem as plantas de um pequeno jardim, ou a aventura de um menino que subiu num pé de azinheiro e nunca mais quis descer. Julián pressente que a narração vai se emaranhar. Talvez seja melhor improvisar, pensa, talvez a única coisa que faça sentido seja improvisar:

O álamo e o baobá conversam sobre as pessoas loucas que costumam ir ao parque. Concordam, de antemão, que são muitas as pessoas loucas que vão ao parque. O parque está cheio de loucos, mas minha pessoa louca favorita, diz o baobá, é uma mulher de braços compridíssimos que veio falar comigo uma vez. Lembro-me disso como se fosse ontem, embora tenha sido há muito tempo, eu devia ter só uns duzentos e quinze ou duzentos e vinte anos quando ela veio, você nem tinha nascido.

Julián compreende na hora que cometeu um erro: Daniela sai da sonolência, admirada com a idade do baobá, principalmente porque acha que o álamo e o baobá sempre viveram juntos, que é por isso que eles são tão amigos, porque passaram a vida plantados no parque. Para consertar a situação, Julián inventa uma nervosa fieira de dados, dos quais se depreende que o baobá tem mil e quinhentos anos e o álamo apenas quarenta. Daniela continua confusa e Julián prossegue, consciente de que deve se esforçar muito para recuperar o relato:

Era, diz o baobá, uma mulher de braços compridíssimos. No começo pensei que fosse uma menina, porque estava usando aparelho, mas não era uma menina, e sim uma mulher de braços muito compridos, que quase tocavam o chão. Uma mulher não necessariamente bonita, mas bastante esquisita: olhos verdes, cabelo curto e branco, pele escura, e um grande aparelho nos dentes, e aqueles braços compridos que quase tocavam o chão. Era ou tinha sido pintora, e se chamava Otoko.

Julián decidiu se concentrar na mulher louca, embora já não pense nela como uma mulher louca, e sim como uma mulher sozinha ou uma mulher que fala sozinha, com as árvores. Ensaia, então, o monólogo de Otoko diante do velho baobá:

Sou pintora, diz Otoko, mas surgiu um inconveniente e preciso deixar de ser pintora. O inconveniente são meus braços, que cresceram demais. É muito difícil pintar com braços tão grandes, meus olhos ficam cansados, a tela fica longe, mal consigo focá-la.

Receitaram-me óculos, mas não pretendo usá-los, ao menos até tirar o aparelho. Desde pequena meu lema foi: ou aparelho, ou óculos. Escolhi o aparelho, como eu ia saber que depois meus braços ficariam tão compridos e que eu não conseguiria pintar e tudo o mais...

Não é comum os braços das pessoas crescerem tanto. Os galhos sim, os galhos crescem, você sabe disso melhor do que eu, baobá. Os galhos crescem até que, de repente, morrem, mas não é comum os braços das pessoas crescerem tanto.

Não é comum, e talvez também não seja assim tão estranho. Talvez eu seja uma em mil ou uma em um milhão, e gosto disso, é um privilégio. É um inconveniente e um privilégio.

Então, vou procurar outro trabalho. Pensei em me dedicar a catar folhas do chão, pois é fácil para mim, não preciso nem me agachar. Vagarei pelos parques o dia todo catando folhas do chão.

Embora não seja mais necessário, pois Daniela dormiu novamente, Julián continua o relato, mas agora quem fala não é mais a pintora ou a catadora de folhas, e sim alguma outra mulher, mais bonita que Otoko, ou pelo menos com os braços não tão grandes, normais. Não é Verónica, de jeito nenhum é Verónica, que ainda vagueia por alguma avenida distante. De certo modo, Verónica é a única mulher que não poderia estar no relato que Julián improvisa em voz alta, para ninguém, para a menina que dorme.

NO MESMO DIA EM QUE DANIELA ENCONTROU AQUELE ANtigo vídeo do casamento, Verónica e Julián aproveitaram para fazer amor com ansiedade, ou com escândalo, como disse Verónica, rindo, enquanto mordia as costas de Julián.

Entornaram duas garrafas de vinho e acabaram a noite trocando, arrebatados, grandes frases, com as quais dilatavam indefinidamente o presente. Mas houve, sem dúvida, um lapso, uma repentina queda na realidade. Verónica olhou para Julián e disse, lentamente, como se soletrasse as frases: se eu morrer não quero que a menina vá morar com o Fernando. Prefiro que ela fique com você ou com a minha mãe. Transformado no marido perfeito de um filme ruim, Julián abraçou-a com força e disse: você não vai morrer. E penetrou-a novamente, e riram de novo, e continuaram bebendo e transando até o amanhecer.

A lembrança daquelas frases o atingem como uma infalível punhalada. Acaba de dar uma série inútil de telefonemas que só aumentaram seu desespero. Julián anda pela casa arqueando os dedos nos sapatos, forçando as pisadas, como se caminhasse por um campo semeado de flores ou de explosivos. No quarto da menina um relógio em forma de Bob Esponja marca duas e meia da manhã. Deve ser a primeira vez que alguém olha para esse relógio às duas e meia da manhã, pensa Julián, como se essa ligeira certeza amenizasse a espera.

O romance continua, embora só para render-se ao capricho de uma regra injusta: Verónica não chega. Por ora não há imagens de época, nem música de fundo, só uma frase aparentemente fora de lugar, excessiva, que Julián repete em voz alta e crescente, e depois em voz baixa, até recobrar o silêncio – é como se alguém, de uma poltrona escondida, se divertisse controlando o volume da voz de Julián, que pronuncia, dez vezes, aquela frase fora de lugar: sou o filho de uma família sem mortos, diz, olhando para a parede como se fosse uma vitrine: oi, sou o filho de uma família sem mortos.

Isso foi há muito tempo, num pátio escondido da faculdade, enquanto queimava uma erva e bebia, a goladas, um pegajoso vinho com melão. Junto com um grupo de colegas de curso tinham passado a tarde trocando histórias familiares onde a morte aparecia com angustiante insistência. De todos os presentes, Julián era o único que vinha de uma família sem mortos, e esta constatação o encheu de uma estranha amargura: seus amigos cresceram lendo os livros que seus pais ou seus irmãos mortos tinham deixado em casa. Mas na família de Julián não havia mortos nem livros.

Uma casa geminada com um jardim de alvoroçadas flores em frente: verão após verão pintavam os tijolos com uma camada da cor branco inverno – gostava de repetir o nome daquela cor: branco inverno. Talvez só tenham pintado a casa uma ou duas vezes, mas Julián prefere pensar que todo ano, perto do início do verão, a família inteira se reunia para pintar os tijolos. Durante décadas a casa continuou sendo nova. E talvez ainda seja nova, talvez uma nova família tenha acabado de se instalar ali, é provável, conjectura Julián, que não demore muito em fugir para dentro.

Remexendo num fundo de espessa nostalgia, Julián chega à imagem de um dardo rompendo o céu de 1984, o ano das Olimpíadas de Los Angeles. Definitivamente, perdeu tempo com sua ideia fixa dos bonsais. Agora pensa que o único livro que valeria a pena escrever seria um longo relato sobre aqueles dias de 1984. Esse seria o único livro lícito, necessário.

Não sem esforço consegue isolar a cena: está sentado ou encarapitado numa poltrona preta, de couro falso e convincente, diante da tevê, concentrado no voo de um dardo. Bem perto dessas casas de meia-tigela vive a morte, mas esse menino de 1984 não sabe disso, não pode saber: observa o voo de um dardo ou a prova da marcha – gosta muito de observar esses atletas mexicanos que são proibidos de correr, diverte-se imitando-os caminhar, a toda pressa, em perfeita progressão.

Numa dessas tardes, o pai de Julián volta do trabalho com quatro caixas enormes, que Julián e sua irmã ajudam a desempacotar: a primeira contém as cem fitas da coleção *Os grandes compositores*, e as três restantes constituem uma biblioteca de literatura universal, espanhola e chilena; dezenas de livros de cor bege, vermelha e café, respectivamente, em edições populares, de páginas grossas e amareladas. Até esse dia só havia em casa uma enciclopédia sobre conserto de automóveis e um curso de inglês da BBC. Os novos livros instauram uma mínima abundância, na medida da prosperidade da família.

Não foi fácil construir essa família. Foi preciso esquecer os amigos e inventar novos amigos. Foi preciso dedicar-se ao trabalho – avançar, com antolhos, através da multidão, vencendo rios de perguntas incômodas, procurando uma trilha ou um atalho que levasse a um futuro sem felicidade e sem pobreza. Já não existem baús ou só existem baús vazios, esvaziados, sem anéis, sem mechas de cabelo, sem cartas bem dobradas prestes a se rasgar, sem fotos em sépia. A vida é um enorme álbum no qual é possível construir um passado instantâneo, de cores vivas e definitivas.

Julián amaldiçoa sua ideia fixa: devia ter se dedicado, no fim, a registrar as conversas que vinham do bar de baixo, quando morava com Karla. Teria sido muito melhor. Em vez de acender uma imagem morta devia ter descrito vidas como a desse menino de 1984. Em vez de fazer literatura devia ter mergulhado nos espelhos familiares. Pensa num romance de apenas dois capítulos: o primeiro, muito breve, consigna o que esse menino sabia naquela época; o segundo, muito longo, virtualmente infinito, relata o que esse menino não sabia. Não que eu queira escrever essa história. Não é um projeto. O que eu queria mesmo era tê-la escrito anos atrás e poder lê-la agora.

No final do dia, depois de montar a biblioteca na sala, o pai reúne a família em torno de um tabuleiro de Metrópolis. Há famílias em que às nove da noite o homem começa a beber vinho e a mulher a passar roupa, alheios à sorte das crianças, que brincam, no pátio, de se machucar, ou no quarto, com as luzes apagadas, ou no banheiro, fazendo bolhas de sabão, ou na cozinha, fabricando insólitas sobremesas com leite talhado. Também há famílias que veem a noite cair no compasso de responsáveis conversas de salão. E também há famílias que a essa hora recordam seus mortos, com a aura da dor rodeando seus rostos. Ninguém brinca, ninguém conversa: os adultos escrevem cartas que ninguém vai ler, as crianças fazem perguntas que ninguém vai responder.

Esta, por sua vez, é uma família que espera o toque de recolher jogando Metrópolis. Está tudo pronto: o hospital, a prisão, o cinema, o banco, os dados, as cartas do destino, as casas, os edifícios, as ruas. Os jogadores são um homem sério, que vem de baixo e vai para cima, uma mulher de aspecto doce e triste, uma menina bonita e frágil, e um menino de oito ou nove anos que se chama Julián, mas que devia se chamar Julio – é uma história inverossímil, porém verdadeira:

pretendiam chamá-lo de Julio, foi esse nome que pronunciaram diante do oficial do registro civil, mas ele entendeu Julián e escreveu Julián na certidão de nascimento, e os pais não pediram a retificação, pois naqueles tempos até um oficial do registro civil inspirava respeito e temor irrestritos.

Ao redor da mesa há um homem moreno, uma mulher branca, uma menina menos branca e um menino menos moreno. O homem moreno sempre ganha. A mulher branca logo se entedia e sai. A menina branca continua jogando até perder tudo e promete a si mesma, com olhos inquietos, que da próxima vez derrotará o homem moreno. O menino menos moreno de nome trocado não quer ganhar nem perder, só quer mais coca-cola. O pai gosta que sua filha não se renda, mas está feliz de ganhar dela, de ter ganhado, de continuar ganhando sempre. A mãe, ao contrário, há pouco hipotecou suas propriedades e dividiu o dinheiro, em partes iguais, entre seus filhos. Está sentada, ensaiando os acordes de uma canção de Violeta Parra, prestes a cantar. É disso que se trata, mais ou menos: de vê-los jogar, de observar seus rostos de 1984, de rir deles, de ter pena deles, de acompanhá-los em seu honesto e tenso tédio.

Agora Julián mora perto de uma rua azul celeste, Tobalaba, e antes morou a alguns passos de uma rua azul, Irarrázaval, diante da Praça Ñuñoa, na companhia de uma mulher que esteve a um passo de se transformar em sua inimiga. Chegou a essa casa vindo de outras ruas que não aparecem no Metrópolis, pois ficam longe, a oeste da grande capital. Essas ruas sem cor têm, na memória, um matiz acinzentado. Durante a infância e na primeira parte da juventude de Julián essas ruas foram brancas. Só agora são empoeiradas. Só agora, há pouco, o tempo conseguiu sujá-las.

SÃO QUATRO DA MANHÃ E JULIÁN RECONSIDERA UMA POSSIbilidade que antes havia negado completamente: Verónica não está presa numa avenida distante, está na casa de um homem que desta vez a convenceu a não voltar mais. Constrói o quadro, sem perder nenhum detalhe: imagina as paredes úmidas e a luz de um aquecedor de parafina iluminando os amantes, que não posam, não têm tempo de parar e cumprimentar a câmera. Há um cheiro de casca de laranja ou de varetas de incenso, de perfume gasto pelo roçar dos corpos – e as coxas brilhantes e a pele de Verónica lustrosa e quente.

Não é uma casa, pensa Julián. Leva um longo segundo para criar, em seu lugar, um quarto vistoso, repleto de espelhos, com uma piscina percutindo um sutil ruído artificial. Imagina Verónica embotada por um uísque rascante, embalada por algumas carreiras de cocaína, se mexendo, sem pressa, em cima de alguém. É uma explicação redonda, inquestionável: Verónica não chega porque está na cama com o professor de desenho, era uma transa rápida que se transformou numa transa demorada. Costuma passar. Naquele momento o professor de desenho ou de gramática ou de física quântica a penetra pela sexta ou sétima vez – não se preocupe, diz Julián, em voz alta: não se preocupe, que já fiz a menina dormir, já contei uma história para ela, não tenha pressa, continue fodendo, por favor, sua cadela de merda, ainda vai dar tempo de fazer mais um boquete.

Mas este não é um desses programas onde é preciso se fantasiar de mendigo e sobreviver ao desprezo dos demais. Nem mesmo avivando o fogo de uma conjectura horrível Julián consegue mudar a trama: tem certeza de que não é esse o motivo da demora de sua mulher. A imagem de Verónica perdida numa avenida distante se agiganta, transforma-se numa espécie de verdade.

Está jogado no chão, como um leão em sua jaula – ou melhor, mais como um gato, ou como esses peixes excêntricos e horríveis que a menina escolheu, por piedade, meses atrás. Se escaparmos desta, pensa Julián, vamos juntar dinheiro para tirar umas férias em Valdivia ou em Puerto Montt, ou talvez não convenha esperar tanto: se escaparmos desta, no sábado iremos, finalmente, conhecer a neve. Tinha descartado a ideia, movido por um antigo ressentimento de classe, mas agora volta a contemplá-la: a neve chilena é para os ricos, sabe muito bem disso, mas já conseguiu se acostumar a conviver com pessoas distantes que depois de um tempo acabam se transformando em pessoas amáveis. Logo o plano é desbaratado, não podia durar. Descobriu, em sua própria linguagem, uma fenda profunda: não vamos escapar desta. Escapar desta equivale a que Verónica cruze, como se nada tivesse acontecido, um umbral fechado há horas. Escapar desta seria, talvez, acordar. Mas não pode acordar: está acordado.

Mesmo assim, continua pensando na neve, num espaço espectral, relegado aos romances: um mundo onde os jovens ficam gravemente doentes e os velhos recordam amores do passado. A neve é uma japonesice tosca e bela, como os bonsais de sua ideia fixa. Gostaria de conhecer – de ter conhecido, desde sempre, a neve. Aos dezoito anos, por exemplo, ter subido num ônibus, ter arrumado um emprego na cozinha de um hotel cinco estrelas, sob as ordens de um chefe explorador, um militar recém-aposentado, certamente. Imagina-se olhando, lá de baixo, da neve, um teleférico repleto de minúsculos turistas.

Aproxima-se da parede do quarto branco: pondera, com uma seriedade absurda, se a parede é branca como o inverno ou branca como a neve. Não sabe se é possível pintar uma parede da cor da neve. Fecha os olhos e pressiona as pálpebras durante vinte, trinta segundos. E volta, com cuidado, com medo, a este relato de contornos fixos, que às vezes se assemelha a um livro que ensina a pintar. Há três lugares, e três pequenas bibliotecas populares: azul, branco, verde, bege, vermelho e café. A rua Arturo Prat é cor de café. A literatura chilena é cor de café. A sala é branca e talvez a neve também seja branca. As ruas não são brancas: as ruas são azul claro ou azul escuro, verde-água, verde-esmeralda, vermelhas, rosadas, amarelas: Ahumada é vermelha, Recoleta é rosada, e Tobalaba, a rua paralela à passagem onde vive agora, é azul celeste, como a Bilbao. Diez de Julio e Vicuña Mackenna são ruas cor de laranja.

Enquanto o pai e as crianças jogam Metrópolis, a mãe dedilha, com trabalhosa exatidão, uma canção de Violeta Parra. Minha mãe, pensa Julián, cantava canções de esquerda como se fossem de direita. Minha mãe cantava canções que não devia cantar. Deitava no sofá, de noite, para se entreter, para sonhar com uma dor verdadeira. Minha mãe era um dispositivo que transformava as canções de esquerda em canções de direita. Minha mãe cantava, abertamente, as mesmas canções com que outras mulheres, vestidas de preto, velavam seus mortos.

E escuta a voz doce de sua mãe entoando aquela canção de Violeta Parra:

Para olvidarme de ti
Voy a cultivar la tierra
En ella espero encontrar
Remedio para mis penas.

Agora procura, no escuro, o rosto acobreado de Violeta Parra: imagina-a cantando, num cômodo gelado, de teto alto e chão de terra, na noite em que deu com a imagem de uma mulher sozinha que conversa com as flores:

Cogollo de toronjil
Pa' cuando aumenten mis penas
Las flores de mi jardín
Han de ser mis enfermeras.

As flores do meu jardim / vão ser minhas enfermeiras, canta Julián, num murmúrio seco. Não é de hoje que considera esta canção a mais bonita que jamais ouviu. Mas agora preferiria deixar essa música para trás.

Atordoado pela espera, Julián concebe uma longa e imprecisa lista de mulheres sozinhas, de mulheres sozinhas que falam sozinhas. Minha pessoa louca favorita, pensa, é Emily Dickinson. Já tenho duas, diz, Violeta Parra e Emily Dickinson, elas encabeçam a lista de mulheres sozinhas, elas falam com ninguém no jardim. Vê o rosto branco e evasivo de Emily Dickinson: *Our share of night to bear / Our share of morning*, recita Julián, em voz alta, para ninguém, para a menina que dorme. E repete, de forma involuntária, como se esbarrasse em sua própria voz, os versos de Emily Dickinson: *Our share of night to bear / Our share of morning.*

Traduz, grosseiramente, só o título, nada mais que o título: Suportar nossa parte da noite, saber levar nossa porção de noite, carregar nossa parte da noite, suportar a escuridão. A ponta do lápis faz riscos, a tinta cobre a página de água negra. E Julián soma vozes à página negra. Sua verdadeira profissão é somar vozes. Sua verdadeira profissão é contar carros que passam ao largo ou se detêm, de repente, no meio da avenida. Sua verdadeira profissão é desenhar mulheres sozinhas e pedaços de neve escura. Sua verdadeira profissão é criar palavras e esquecê-las no ruído.

Agora recita, mais uma vez, como um louco, para ninguém: Tolerar, aturar, carregar, suportar, levar, aguentar, encarregar-se; encarregar-se da noite – aceitar a escuridão, saber levar nossa porção de noite, aceitar uma parte da noite, vencer a escuridão, subtrair-se da luz, adentrar na noite, encarregar-se da escuridão, encarregar-se da noite.

A ponta do lápis faz riscos, a tinta cobre a página de água negra.

E DANIELA? O QUE SERÁ DE DANIELA?

Está sentado, remexendo o chá na xícara, há quarenta minutos. E dá com esta pergunta urgente, que não contribui para a distância – é isso que ele quer: distância. Quer inventar, conseguir, comprar anos ou quilos de distância, pois são quase cinco da manhã e o livro continua. O livro continua mesmo que o fechem.

E esse outro livro, o que leu e releu até estragá-lo, até torná-lo ininteligível: um dia Daniela vai lê-lo. E depois de lê-lo vai se aproximar de Julián e dizer "li seu romance", "gostei", "não gostei", "é muito curto". Ou não se aproximará, pois nessa época ele estará bem longe, sozinho, ou acompanhado, com seus próprios filhos, talvez. Esta última possibilidade o deixa enormemente contrariado.

Devia era meter a cabeça no ar gelado lá de fora. Devia era abrir as janelas, mas desistiu de abrir janelas. Procura, às cegas, seu novo lugar num jogo cujas regras desconhece.

Talvez os inimigos que nunca teve tenham resolvido se reunir.

Talvez tudo seja mais simples e ele esteja exagerando, como sempre: a calma voltará e ele voltará a ser, por fim, uma voz em off. É o que ele quer ser, chegar a ser, quando velho: uma voz em off.

O futuro é das vozes em off, diz Julián, em voz alta.

Olá, boa noite, diz: sou uma voz em off.

Sou a melhor voz em off disponível no mercado.

Imagina Daniela aos quinze anos, num ônibus, voltando de uma viagem ao campo: sua pele escureceu levemente, mas o olhar é o mesmo – seus olhos quase verdes percorrem a paisagem com serenidade. Não lê, não ouve música; de vez em quando pisca como se enredasse seus cílios longos, e então retorna à paisagem de aridez, cavalos soltos e insistentes anúncios comerciais.

Imagina Daniela aos vinte anos, numa sala de espera, folheando revistas, amarrando o cabelo mesclado de tons azuis. Julián poderia permanecer nessa imagem até saber o que está esperando, quem Daniela está esperando. Mas não quer saber tanto. Quer saber pouco, o justo.

Então a imagina aos vinte e cinco anos, num parque: Daniela se protege do sol com as duas mãos, e procura, ao longe, um vendedor de sorvetes ou de algodão doce, ou uns amigos que a convidaram para um piquenique ou para um churrasco ou para uma preparação de peiote.

E aos trinta anos – assim pensa Julián, de cinco em cinco; imagina Daniela aos trinta anos, na praia, com Ernesto, seu namorado. Caminham pela orla, ele se adianta, ou talvez seja ela quem esteja arrastando os passos, pisando forte para sentir o chão sob a areia.

Aos trinta anos, Daniela lerá o romance de Julián. Não é uma profecia; não tem forças para fazer profecias, e também não é exatamente um desejo, mas uma espécie de plano, o roteiro de uma noite em branco, criado rapidamente, ditado pela desesperança. Quer entrever um futuro que prescinda do presente; acomoda os fatos com vontade, com amor, de maneira que o futuro permaneça a salvo do presente.

Não importa que Verónica chegue ou não chegue, que morra ou sobreviva, que saia, que fique; haja o que houver, Daniela terá trinta anos e um namorado chamado Ernesto. Aos trinta anos, haja o que houver, Daniela lerá meu livro, diz Julián: sua voz é como um sorvo de ar seco; seu rosto adentra, sem medo, na penumbra.

Julián é uma mancha que se apaga e some.

Verónica é uma mancha que se apaga e permanece.

O futuro é a história de Daniela.

E Julián imagina, escreve essa história, esse dia do futuro: o cenário é o mesmo, Daniela continua vivendo no mesmo apartamento de agora, de então, foi reformado há pouco tempo – as paredes já não são verdes, azuis e brancas, mas tem coisas que, apesar dos anos, permaneceram intactas: Daniela sabe onde encontrar o chá, a torradeira, os alfinetes, a lanterna, a roupa de verão. Já não há tapetes sujos nem vidros trincados. Já não há aranhas, nem baratas, nem formigas. Daniela ocupa o quarto de sempre, o quarto azul, e no quarto branco estão os livros e os discos – o quarto de hóspedes agora é, com propriedade, um quarto de hóspedes: quase todas as suas amigas moraram ali depois de sair de casa ou perder o emprego.

É psicóloga. Houve um tempo em que era quase impensável alguém tomar uma decisão sem primeiro consultar seu psicólogo. Foi uma moda que chegou ao Chile um pouco tardiamente e que durou pouco: da noite para o dia centenas de psicólogos ficaram sem trabalho, decerto em virtude da invasão da ioga e dos especialistas em reiki. Quando Daniela começou a estudar psicologia na Universidade do Chile aquela já era uma carreira incerta. Uma vez formada, depois de segurar por alguns meses o desemprego de praxe, finalmente conseguiu um trabalho como locutora na rádio estatal.

O segmento de Daniela vai das nove às onze da manhã e consiste, como todos os programas da rádio estatal, em escutar os cidadãos. Habitualmente ela toma um banho e o café da manhã antes de começar a transmissão, mas desta vez decidiu se ater ao mínimo esforço. Dois minutos antes do programa começar, apanha várias espumas acústicas e as instala cuidadosamente nas portas e nas janelas do quarto. Volta para a cama, aperta um botão vermelho, e depois de um rápido ensaio consegue soltar convincentemente a voz.

A voz de Daniela conserva um frescor enganoso. É a voz rouca de uma menina ou a voz cálida de uma mulher de cinquenta anos. Seus ouvintes não sabem sua idade, pois ela raramente alude a si mesma; começa a falar sobre o que quer que seja, até que entra a primeira ligação, mas toma muito cuidado para que o assunto escolhido não a leve a se expor demais. Nesse sentido, é como sua mãe: nada de confidências gratuitas, só normas gerais, comentários argutos e divertidos, banalidades, opiniões contundentes que, no entanto, pouco ou quase nada revelam da voz que as enuncia. A maioria de seus colegas massageia sem pudor o próprio ego na paciência dos demais. Ela não. Por isso é agradável ouvir seu programa.

Quando conheceu Ernesto? Na Universidade, talvez, será que foi seu colega de curso, seu aluno, seu professor? Um conferencista, um acadêmico que deu uma palestra e a viu, na primeira fila, na última fila? Quem é Ernesto? Como ele é? Não importa: o fato é que vivem juntos na casa de Daniela, nesta casa, embora hoje ela esteja sozinha – ontem foi levá-lo ao aeroporto, ele viajou para Quito, onde trabalha num projeto de turismo ecológico.

Daniela não gosta que Ernesto viaje tanto, por isso agora, enquanto escuta as confidências de uma ouvinte, persiste um lento obscurecimento; este é, de novo, um primeiro dia sem Ernesto, uma situação que conhece de sobra. Um tempo de solidão e lento obscurecimento. Daniela precipita as pausas, entrecorta as frases com severidade, mas mesmo assim continua sendo cálida, nunca chega a perder a consciência de que existe um pequeno grupo cativo de pessoas que a escutam dia após dia.

Não pode negar que gosta cada vez mais da solidão; as semanas com Ernesto, por sua vez, têm sido travadas, ásperas. Não que haja violência ou tédio. É uma espécie de falha, uma velatura que alguém espalhou sobre a tela onde Ernesto e Daniela posam para a posteridade. Sabe que muito em breve Ernesto não voltará mais. Imagina-se desconcertada, e depois furiosa, e finalmente invadida por uma decisiva quietude. Tudo bem, era sem compromisso, como deve ser: ama-se para deixar-se de amar e se deixa de amar para começar a amar outros, ou para ficar sozinho, por um tempo ou para sempre. Esse é o dogma. O único dogma.

FIXA A VISTA NA CORRENTEZA: A PONTE AVANÇA, NÓS AVANçamos, a água fica quieta, estanca. Era isso que dizia Julián, seu padrasto, na ponte à qual costumava levá-la quando menina. No começo é difícil, mas você logo se acostuma, é como esses desenhos estranhos que precisamos olhar até que aparece sobre eles uma figura, um dragão, um urso, o rosto de alguém; de novo, olhe, fixe a vista, force os olhos na água até sentir que está avançando, que a ponte está avançando, até que o rio deixou de ser um rio. A água perde velocidade, e é você, agora, quem avança pela água, num barco.

Julián apoiado na balaustrada de uma ponte do rio Mapocho; Daniela nunca falou dessa lembrança, da qual, no entanto, lançou mão numerosas vezes para construir vínculos. Primeiro houve uma pequena traição, uma travessura, por assim dizer: aos quinze anos, numa tarde em que passeava com seu pai, com seu verdadeiro pai, não pôde resistir à ideia de levá-lo à ponte, ainda que para isso tivessem de caminhar um longo trecho. Fazendo-se de misteriosa levou-o pela mão, e ao chegar à ponte repetiu, com estudada solenidade, as palavras de Julián como se fossem suas. Esteve a ponto de lhe falar das caminhadas com seu padrasto, daqueles dias em que atravessavam a cidade só para parar um pouco e concentrar-se na correnteza. Mas não o fez. Em vez disso, falou, este é meu lugar favorito, papai, e não estava mentindo: daqui você consegue fazer o rio parar, fazer com que a ponte seja um barco que se aproxima ou se afasta da terra firme.

Desde aquele passeio, Daniela decidiu que esta seria sua brincadeira íntima, seu código secreto: cada namorado seu foi levado à ponte do Mapocho, e ela fez com que todos pensassem ser as primeiras testemunhas daquela cerimônia particular. Naquela manhã lembrou-se da última vez em que usou aquela imagem, com Ernesto, e sente vontade de ir até a ponte sozinha, para jogar alguma coisa – uma fotografia, um chapéu, qualquer coisa – na correnteza; pensa no puro prazer de ver esse objeto perder-se no caudal, e talvez pense, também, em fechar um ciclo, embora ela não acredite nessa conversa mole de fechar ciclos, de culminar processos. Tende a acreditar que os processos não existem, que os ciclos que somos capazes de ver nunca são os indicados.

Daquela vez, com Ernesto, na ponte, foi diferente. Desde o início ele se mostrou reativo aos segredos, de maneira que reagiu com receio diante da confissão, sem sequer desconfiar – ele não era um homem desconfiado – de que estava sendo vítima de uma brincadeira, de que era o protagonista de um filme mudo. Sentiu-se, antes, oprimido pelo tom confidencial que Daniela imprimiu às palavras. Depois, rompeu o silêncio com um comentário sobre a ponte, sua data de construção, e uma pretensiosa lista de edifícios e monumentos construídos na mesma época. Assim era Ernesto: um jovem pedante que sabia um pouco de tudo. Mas esse choque de realidade não bateu mal em Daniela.

Meu pai nunca escreveu um livro, diz Daniela, em voz alta. Descobriu este pensamento, que é uma obviedade: seu pai não é escritor. Seu padrasto também não era exatamente um escritor, um escritor de verdade, mas por enquanto precisa forçar as ideias, esticá-las, exagerá-las um pouco.

Qual é a profissão de seu pai?
Engenheiro.
Qual é a profissão de sua mãe?
Ilustradora.

Não costumavam perguntar a profissão de seu padrasto, ainda que em sua geração quase todas as crianças tivessem padrastos ou madrastas, que elas não chamavam por esses nomes pejorativos, talvez porque com os anos acumulassem vários padrastos e madrastas – uma longa fila de pessoas que logo esqueciam, pois não as viam mais: desapareciam, para sempre, ou reapareciam anos mais tarde, por acaso, numa fila de supermercado.

Não é o seu caso. Ela só teve um padrasto, motivo pelo qual, pensa agora, devia considerar-se uma sortuda. Ter tido apenas um padrasto era sinal de estabilidade. A pergunta pela profissão do padrasto não figurava nos questionários, então nunca teve oportunidade de decidir uma resposta: escritor ou professor, essas teriam sido as opções. De segunda a sábado era professor, e aos domingos escrevia.

E se o seu pai escrevesse, por exemplo, suas memórias? Ou será que ela mesma, que nunca pensou em escrever, devia dedicar-se ao resgate da história de seu pai? Por que é preciso resgatar histórias, por acaso elas não existem por si mesmas? Quem é melhor personagem: seu pai, sua mãe, seu padrasto? A solidão se virou contra ela. Está aflita com esse jogo que talvez devesse se chamar o engenheiro e a ilustradora, ou a ilustradora e o escritor. Qual seria o melhor romance: o de um engenheiro que se apaixona por uma ilustradora ou o de uma ilustradora que se apaixona por um escritor?

Depois de apresentar seu programa, Daniela pensa em sua mãe, que está viva, ou está morta. Não se sabe.

Talvez uma noite ela simplesmente não tenha chegado, foi Julián quem lhe disse "ela não vai voltar mais", ou "morreu", ou "aconteceu uma coisa muito ruim, muito triste". Agora Daniela pensa em sua mãe, e depois em seu pai. Tem vontade de vê-los. E escolhe bem: escolhe visitar o pai.

Apesar da presença irregular na vida de Daniela, Fernando esteve presente na maioria dos desenhos que a menina fez em sua infância. Às vezes não conseguia resistir à tentação de caricaturar alguns de seus traços – especialmente as orelhas –, mas em geral tendia a embelezá-lo, a idealizá-lo. Há um desenho, feito por Daniela aos seis anos, em que ela aparece ao lado do pai, na neve, esquiando. Na época, ela não conhecia a cordilheira, mas tinha visto na tevê uma reportagem sobre a neve, que coloriu de amarelo, desenhando os esquis como garfos.

Exceto pelos remotos cem dias que o casamento de seus pais durou, Daniela nunca morou com Fernando. Depois daqueles meses ele passou a se mudar para apartamentos cada vez mais amplos, montando e desmontando famílias com garotas cada vez mais jovens. Há dez anos, vive no bairro dos velhos arranha-céus – um dia foram arranha-céus de verdade, mas depois foram superados por edifícios ainda mais altos.

Recém-formado em engenharia comercial, Fernando foi gerente da happybirthday.cl, uma empresa especializada em organizar todo tipo de festa de aniversário, que durou apenas seis meses – muito menos do que eu esperava e muitíssimo mais do que o meu casamento, brincava Fernando, que era especialista em rir de si mesmo, ou como ele diria, brincando novamente: sou especialista em me autodirigir brincadeiras. Defini-lo como um humorista seria incorreto, de qualquer forma, pois Fernando não era bem o que chamamos de engraçado, tendia mais para o sério; mas sem dúvida guardava, como defesa, um certo humor distintivo. Happybirthday.cl foi um passo em falso depois do qual seus negócios melhoraram notavelmente. O cabaré que instalou no "bairro vermelho" é, na verdade, só um divertimento para ele. Suas outras empresas andam praticamente sozinhas e rendem muito dinheiro.

Não é a primeira vez que Fernando sente o que está sentindo agora, ao receber Daniela: uma alegria que beira a plenitude, uma felicidade quase absoluta que revela, no entanto, sua forma incompleta, o tênue viés que desfigura a imagem. Queria ter intuído sua visita, saber com antecedência que ela viria sem aviso, movida por uma urgência secreta ou simplesmente para conversar – para construir a cena do pai e da filha que comem um espaguete e tomam café, enquanto falam do clima ou de uma nova estrada que construíram no norte.

Como representar o que acontece enquanto conversam, o que deixam de dizer um para o outro, aquele fundo de censuras tímidas, de minúcias, que se agita enquanto falam? Como iluminar as áreas que ambos decidiram deixar às escuras? Depois de uma época difícil retornaram ao pacto de não agressão, à indireta cumplicidade dos que estão conscientes de compartilhar apenas um fio de vida. Agora eles conversam, é claro que conversam, e não no estilo de perguntas e respostas. Não é um interrogatório. É, com propriedade, uma conversa. A superfície combina com eles. Gostam de praticar o esporte de passar o tempo juntos.

Falam de Ernesto, que Fernando só viu umas duas ou três vezes. Para agradar a filha, diz que aprova a relação, e Daniela, sabendo que sua história com Ernesto vai terminar em questão de semanas, aprecia esse gesto tardio de seu pai. Generosamente retrocede dois anos, volta ao tempo do início da paixão, e põe as palavras de seu pai num lugar onde elas funcionam, onde são oportunas.

Falam também do Rita Lee, o cabaré de Fernando. Como de hábito, Fernando comete o erro que cometeu durante toda a sua vida: esquecer que é um pai, levar o entusiasmo às alturas como um avião, confiar à sua filha detalhes além da conta. Inexplicavelmente, Fernando acha que Daniela pode achar graça no relato de seus namoricos com uma dançarina do lugar.

Se você escrevesse um livro, diz Daniela, após um longo silêncio, não teria de me contar a história que acaba de contar – sorri, com crueldade, satisfeita com suas palavras. A alegria de ter encontrado essa frase supera a vergonha que lhe causou aquela história. Imaginou seu pai olhando, embevecido, uma pobre mulher tirando seu brilhante baby-doll escarlate. Sentiu pena dele e um pouco de vergonha. Mas depois pensou que é esse livro que seu pai deveria escrever: o livro das histórias que seria melhor não contar a ninguém, não divulgar, levar para o túmulo; um livro de confissões que não diriam nada a ninguém, a que ninguém daria valor. O importante seria guardá-las, poupar o fôlego gasto em contá-las.

Você nunca pensou em escrever um livro?

Não. Por quê?

Por nada. É bobagem escrever livros. É melhor falar. Desculpe.

Desculpe o quê?

Desculpe o que eu disse sobre o livro que você deveria escrever.

Ele não entende, ela sabe que ele não entende, e é melhor assim. Ponto.

DANIELA NÃO SE INTERESSA POR LITERATURA. LÊ MUITO, mas principalmente livros de história ou de memórias ou de ensaios. A verdade é que não suporta a ficção, fica impaciente com a comédia absurda dos romancistas: vamos fazer de conta que existia um mundo que era mais ou menos assim, vamos fazer de conta que eu não sou eu, e sim uma voz confiável, um rosto branco por onde passam rostos menos brancos, meio escuros, escuros.

Porém, depois do almoço com seu pai, Daniela decide ler o romance de Julián. É fácil para ela encontrar o livro: está na estante de sempre, desde sempre, resguardado pela impassível ordem alfabética. Durante muitos anos lhe faltou curiosidade, e talvez coragem, para lê-lo. Agora, ao abri-lo, dá com esta mensagem na folha de rosto: "Para Daniela, com amor, esperando que não se entedie".

Reconhece a caligrafia de seu padrasto – as letras retocadas com esmero, como se quisessem evitar um leve tremor que mesmo assim ficou impresso no papel. É a letra de um fumante, pensa, embora não exista algo como a letra de um fumante. Disposta a se deixar levar pela solidão, Daniela se espanta ao reconhecer, com tanta precisão, a letra de Julián. Nunca o viu escrever à mão, lembra-se mais dele fumando, diante do computador, digitando a uma velocidade que, na época, parecia invejável, e depois, cinco segundos mais tarde, apagando com a mesma rapidez as palavras que acabara de escrever.

Talvez devesse ir ao parque, ou ao aeroporto, procurar alguma coisa, esperar alguém. Mas preferiu ficar em casa, provocando as goteiras da lembrança. Age como se tivessem pedido que ficasse em casa. E lê como se ler fosse um ato de obediência, como se tivesse de escrever um resumo, uma composição escolar: quarenta e cinco minutos, cronometrados, para responder a uma única e injusta pergunta: como se lê o livro de um padrasto?

O romance de Julián é tão curto que meia hora seria suficiente para lê-lo. Mas Daniela se detém no meio da página para ver se o café está pronto, para servir-se uma xícara de café, e depois faz pausas cada vez que dá um gole, e depois de cada gole olha para o teto, ou acende um cigarro, e começa a parar, também, depois de cada tragada. Chega a atrasar a leitura para renovar as espumas acústicas. Precisa de silêncio para escutar os sorvos de café e as tragadas. Precisa de silêncio para observar a fumaça dispersa no feixe de luz que entra pela janela.

Não se entedia, ou se entedia pouco. Espera encontrar, no livro, aspectos de si mesma, clarões de um passado remoto, de um tempo que certamente viveu, mas do qual se lembra com dificuldade. Não tem lembranças de infância. Não seria capaz de relatar sua vida: persistem apenas umas poucas cenas nuas que a memória passa e repassa. São indícios, ou restos. São pedaços que só depois de um esforço enorme poderiam constituir uma história, uma vida.

Mas procura, procura-se: talvez de um parágrafo a outro tenham se passado dias, semanas ou meses. Talvez ela tenha entrado, sem aviso, quando Julián estava escrevendo, restando dessa interrupção, no livro, uma frase, ou ao menos uma palavra. Por isso sublinha alguns trechos, que não são os seus preferidos, mas são frases que talvez ela tenha dito e Julián tenha roubado, copiado. Alegra-se, deixa-se levar pela miragem de que nesse livro pulsa a linguagem dela, de Daniela.

É uma história de amor, nada muito especial: duas pessoas constroem, com vontade e inocência, um mundo paralelo que, naturalmente, bem rápido desmorona. É a história de um amor medíocre, juvenil, na qual reconhece sua classe: apartamentos exíguos, meias-verdades, frases de amor automáticas, covardias, fanatismos, ilusões perdidas e depois recuperadas – as bruscas mudanças de destino dos que sobem e descem e não partem nem ficam. Palavras velozes, que antecipam uma revelação que não chega.

Não há mundos paralelos, Daniela sabe disso muito bem. Sobreviveu à mediocridade: estou disposta a tudo, gostava de dizer anos atrás. E era verdade. Estava disposta a tudo, a fazer qualquer coisa, a receber o que quisessem lhe dar, a dizer o que fosse preciso dizer. Estava disposta até mesmo a ouvir sua própria voz dizendo frases que não queria dizer. Mas agora não. Agora não está mais disposta a tudo. Agora é livre.

Daniela termina de ler e volta imediatamente aos trechos sublinhados. Procura sua linguagem, procura-se, mas não se encontra. Não está no livro. Perdeu-se. E essa ausência não a desagrada. Invadida por um misto de alívio e decepção, fecha o livro. Sua vida não mudou. Provavelmente amanhã irá relê-lo para confirmar suas impressões. Mas não irá à ponte, não vai recordar nenhuma história que dê sentido a seu presente, ao passado, ao futuro. Não quer se enganar. Sua vida não mudou: não sabe mais, não sabe menos. Não sente mais, não sente menos.

É mais fácil ler o livro de um padrasto que ler o livro de um pai? Devia pensar em jardins, em mulheres falando sozinhas. Trocando pneus furados numa avenida distante. Devia pensar na beleza frágil das árvores doentes. Devia imaginar um parque coberto de toldos derrubados. Devia pensar na solidão de um homem confinado às quatro paredes de um apartamento úmido, um homem que desistiu de dizer as falas que lhe cabem.

Julián gostaria que recordasse as histórias das árvores, ou as tortuosas horas que passavam decorando a tabuada, com aquele tom sentencioso, pedagógico, que ele às vezes usava.

Julián gostaria que Daniela se lembrasse dele depois de ler seu livro. Mas não. A memória não é nenhum refúgio. Resta apenas um balbucio inconsistente de nomes de ruas que não existem mais.

É noite.

Daniela retira as espumas acústicas, pois quer dormir ouvindo os passos, os latidos, as buzinas, os alarmes de segurança, as conversas dos vizinhos. Pensa em si mesma, em quando era menina e fingia dormir enquanto Julián lia e sua mãe pintava. Pouco a pouco vai caindo no sono.

Agora dorme. Está dormindo.

INVERNO

Life as a book that has been put down.
John Ashbery

O PROFESSOR DE EDUCAÇÃO FÍSICA É UM NAZISTA, DISSE DANIELA. Caminham com cuidado, evitando as poças, dividindo o único guarda-chuva que havia em casa. Dessa vez teria sido melhor ir de táxi, mas Julián preferiu caminhar, como sempre, as sete quadras. Acaba de sugerir que andem em silêncio, brincando, contando os passos mentalmente: quando chegarmos ao colégio você me diz quantos passos contou e eu digo quantos eu contei, e então vamos saber se caminhamos igual.

Mas Daniela não quer brincar de contar passos. O que ela quer é falar do professor de educação física, que é um nazista, conforme disse, e Julián, que odeia professores de educação física e toda pessoa por demais esportista, vê-se obrigado a defendê-lo, a esboçar uma incompreensível síntese da segunda guerra mundial, e da primeira, e até da revolução russa. O professor de educação física não é um nazista, diz, arrematando, justo quando um carro passa levantando uma enxurrada da qual quase não conseguem se esquivar. O professor é um bom homem, repete Julián, talvez exagere e mande vocês fazerem muitas abdominais, mas é o trabalho dele.

Você já quis ser professor de educação física?

Não.

Já quis fazer parte do Greenpeace?

Não.

Já quis ser outra coisa?

É que a gente sempre quer ser outra coisa, Daniela, responde ele – ia dizer Danielita ou Dani, mas disse Daniela. A gente nunca está contente com o que é. Seria estranho estar totalmente contente. Quando eu era menino queria ser médico, como todos os meninos. Todos os meninos queriam ser médicos.

Eu não. Eu não quero ser médica, nenhuma de minhas amigas quer ser médica, é um tédio. Ganham muito dinheiro, mas é um tédio.

Na verdade, Julián nunca quis ser médico. Mentiu por pressa, para se livrar da pergunta. Caminha de lado, cobrindo Daniela, ajustado ao papel de bom pai ou padrasto ou irmão mais velho ou seja lá o que for. Nunca quis ser médico, muito menos professor de educação física. Nem mesmo quis, jamais, ser professor de literatura. Queria – quer – ser escritor, mas ser escritor não é exatamente ser alguém.

Chove intensamente. Ao longo de sete quadras, num dia de chuva, é possível completar muitos diálogos. Durante centenas ou milhares de passos, as palavras vão e vêm, velozes, fugazes.

São dez para as oito da manhã. Há menos de uma hora Julián decidiu que o futuro devia começar. Este é o dia seguinte, pensou, e fez café, e lavou o rosto com especial desvelo, esfregando-se várias vezes, como se quisesse machucar-se ou apagar-se. Depois levou vários minutos construindo a cenografia de uma noite normal: desarrumou os cobertores e os lençóis como se ali tivessem dormido duas pessoas, voltou à cozinha e serviu duas xícaras de café e bebeu uma e a metade da outra. Mastigou uma torrada e preparou um copo de leite com chocolate para a menina.

Depois pensou em pôr uma música. Procurou um disco dos Aterciopelados que há anos não ouvia. Mas não encontrou. Então ligou o rádio. Passavam uma entrevista com o candidato presidencial da direita, que mais parecia o candidato presidencial da esquerda. O povo não é bobo, dizia, o povo sabe que eu estou do lado dele. Prometia começar do zero e chegar a um milhão, a dois milhões, a um bilhão. Marcava bem as ênfases, deslizava frases oportunas, muito bem estudadas. O locutor deu fim à entrevista e anunciou que ia chover o dia todo. É uma boa notícia, a chuva vai limpar o ar de Santiago, disse.

Como se quisesse somar-se ao mundo, Julián se aproximou da janela e comprovou que estava mesmo começando a chover, que muito em breve a cordilheira ressurgiria no horizonte. Depois abriu e fechou, pelo lado de dentro, a porta principal: foi um golpe seco, bem forte, que ressoou em seus ouvidos durante dez segundos. E depois disse, gritou: Tchau, meu amor, fique bem.

Foi ao quarto da menina e terminou de acordá-la e explicou que sua mãe tinha ido para o trabalho, pois tinha uma reunião bem cedo, em Puente Alto. Você sabe que Puente Alto fica muito longe, acrescentou, mas a menina não pareceu se conformar, fez perguntas, pediu detalhes, que Julián respondeu à perfeição, pois durante a noite pensara suficientemente nas possíveis perguntas que Daniela ia fazer. Estava bem preparado. E disse: Tome seu leite, Dani, e vá se lavar e se vestir, que estamos atrasados.

Como de hábito, a menina demorou uma enormidade para encontrar a jaqueta azul, e se lavou com a lentidão premeditada que tanto exasperava Verónica, e que agora causava em Julián um melancólico espanto. A demora era um traço cotidiano, uma imagem estável a que se segurar.

Caminham a passos incertos, rompendo a chuva: segue-se uma linha reta, já se vê o colégio, a casa de esquina onde invariavelmente latem, com força, com raiva, quatro cães bem pequenos, ridículos; quatro cães molhados e furiosos, que Daniela cumprimenta, com a cara branca e uma breve baforada de frio que lhe escapa dos lábios.

Pouco antes de chegarem à porta, a professora de inglês os alcança. Preciso falar com o senhor, é urgente, diz, com falsa cordialidade, como se fosse natural parar para conversar no meio rua com uma chuva terrível perseguindo-os. Sem esperar a aprovação de Julián, a professora começa a relatar o comportamento distraído da menina nas aulas de inglês. Se não melhorar seu rendimento corre o risco de não se formar, sentencia, energicamente. Julián olha para ela com um misto de ódio e pudor.

É uma convicção familiar, responde Julián, depois de um brusco minuto de silêncio. Não gostamos de inglês. Somos anti-imperialistas, somos pessoas de esquerda, diz, e um sorriso cúmplice se esboça no rosto de Daniela. Mas a professora insiste: quero conversar com o senhor e com sua esposa sem demora, e depois fala em compromisso, em rigor, em constância. Na próxima quarta, às quatro, aguardo vocês na sala dos professores. Julián assente mecanicamente, e repete, em voz alta, como se procurasse o lugar da memória onde se guardam as horas, as datas, os lugares: na próxima quarta, às quatro, na sala dos professores. A mulher finalmente se perde entre uma multidão de crianças, pais e guarda-chuvas.

Julián segura a mão de Daniela, com decisão, com amor. Vamos ter de estudar inglês, diz. Sim, Julián, mas agora preciso ir para a aula, responde Daniela. E ele olha para ela e lhe dá um beijo e a deixa ir.

Santiago, 11 de junho de 2006

ALEJANDRO ZAMBRA nasceu em Santiago, no Chile, em 1975. *A vida privada das árvores* (2007), seu segundo romance, foi traduzido para o inglês, francês, holandês, hebraico, sérvio e coreano. Neste ano, o livro ganhará edições na Romênia, China, Japão e Turquia. Além de *A vida privada das árvores*, Zambra escreveu dois volumes de poesia, *Bahía inútil* (1998) e *Mudanza* (2003), a coletânea de ensaios *No leer* (2010), além dos romances *Bonsai* (2006), publicado pela Cosac Naify em 2012, e *Formas de volver a casa* (2011). Eleito pela revista britânica Granta como um dos vinte e dois melhores jovens escritores hispano-americanos, Alejandro é também crítico e professor de literatura.

Originalmente publicado em espanhol
por Editorial Anagrama S. A.

Coordenação editorial EMILIO FRAIA
Projeto gráfico FLÁVIA CASTANHEIRA
Revisão THIAGO LINS e PEDRO PAULO DA SILVA
Produção gráfica BÁRBARA ALMEIDA

1ª reimpressão, 2013

Nesta edição, respeitou-se o novo
Acordo Ortográfico da Língua Portuguesa.

Dados Internacionais de Catalogação na Publicacão (CIP)
(Câmara Brasileira do Livro, SP, Brasil)

Zambra, Alejandro
A vida privada das árvores: Alejandro Zambra
Título original: *La vida privada de los árboles*
Tradução: Josely Vianna Baptista
São Paulo: Cosac Naify, 2013

ISBN 978-85-405-0305-2

1. Ficção chilena I. Título

13-01003 CDD c863

Índices para catálogo sistemático:
1. Ficção: Literatura chilena c863

COSAC NAIFY
rua General Jardim, 770, 2º andar
01223-010 São Paulo SP
cosacnaify.com.br [11] 3218 1444
atendimento ao professor [11] 3823 6560
professor@cosacnaify.com.br

FONTE Arnhem
PAPEL Pólen Soft 80 g/m²
IMPRESSÃO Geográfica
TIRAGEM 3 000

FSC
www.fsc.org
MISTO
Papel produzido a partir de fontes responsáveis
FSC® C019498

A marca FSC® é a garantia de que a madeira utilizada na fabricação do papel deste livro provém de florestas que foram gerenciadas de maneira ambientalmente correta, socialmente justa e economicamente viável, além de outras fontes de origem controlada.